# TO THE HAPPY FEW　VOL.1

## 物質になるということ

講師よ、地獄とは何であるか。
つらつら考えるに、
愛する力を失った苦しみが、それであると
私は言いたい。

ドストエフスキー
「カラマーゾフの兄弟」

# 序

# 同志に

強迫　妄想　悪夢　憂鬱は
我らの精神を占領し肉体を苦しめ
蓋《けだ》し再び同じ川を遡る鮭も覚悟している如く
罪なき罰を受けることを危懼《きく》する

現代に於いて益《ますます》罪悪は屈折し
極悪人は狡猾に告白懺悔を為済《しす》ませて
再び浮き浮きと泥濘の道へ舞い戻ろうと
罪あり罰を受けることに動揺しない

斯様《かよう》な我らこそ二十一世紀の精神異常者
罪に対する罰は無くてはならないが
罰に対する罪は有るとは限らない
恰《あたか》も問答無用に駆除される毒虫宛《さなが》ら

我らを動かす操りの糸を握るは非合理也
快き物に魅力を見出して
汚物を放つ闇夜を恐れて迂回するも
日毎に一歩堕ちていく彼方は虚無

自尊心をかなぐり捨てた行きずりの少女の
腋窩《えきか》を吸い耳朶を噛む　荒淫の極み
今や裕福な蕩児の有り触れた風景
病魔を分かち合い大地に破滅するがいい

仄かに目覚めた初々しい眷恋《けんれん》の情
言葉無き禽獣が愛のダンスを競い合うように
真の愛は沈黙の中で演じられるもの
胎児を慈しみ合い大地に眠るがいい

煙草　競馬　漫画　テレビゲーム
愛欲のみならず我らの忸怩《じくじ》たる宿命

この大地で物質の幸福に惑溺する
哀れ　我らの魂の何ぞ暖衣飽食たる

さわれ　現代のミネルヴァの梟
人間の背徳を飼う穢らわしい地球に
啼き　唸り　吼え　真理を啓蒙する
今こそ我らは謹聴するべき時

不幸が当たり前なのがこの世の常
時に非合理は合理を産むに過ぎない
そもそも地球こそ現在の唯一の生命の天体
見よ　星空は死んでいるのだ

これぞ宇宙　眼に思わずも涙を湛え
火酒《かしゅ》を痛飲しながら断頭台の夢を見る
同志よ　君はこれを知る　この暗黒の空間を
神聖なる同志　我が同朋　我が兄弟よ

# 物質になるということ

# ムツイリの旅

## Ⅰ

俺は未だ物質の宴を許されない修行僧の
倦怠に蝕まれた身分を自らムツイリと呼ぶ
全ての伊達な衆生《しゅじょう》を愛そうとしながらも
俺は絶え間なく奴らを恐れて孤独となる

ひたすら叙情の脆い観念に耽っては涙ぐみ
月夜に映える長い塀にエピタフを刻み込んで
その果《はて》が裂ける所迄駆け抜けよう
待ち構えているのは蛆虫で象《かたど》られた俺の墓石

ああ　退屈の余り死んでしまいそうだ
ムツイリよ　倦怠の逃走人となって走れ走れ
そして遂に俺は天上を星雲が覆い尽した
地平線に包囲された無垢な大地に辿り着いた

だがそこに俺の墓標を仰々しく掲げるには
早熟な厭世を気取る虚勢は似つかわしくなく
汗を知り尽している農夫の弟子になろうかと
不図《ふと》瞑想している内《うち》に安らかな眠りに陥った

II

俺の硬い瞼を抉《こ》じ開けたのは貴様か
猛獣の使い　蠱惑《こわく》的な奇声を奏でる蝙蝠《こうもり》よ
無限な自然はどこまでもこの俺を苦しめる
そして浅薄な人情もこの俺を苛立たせる

曾て俺の魂は俗世間のおかげで腐り果て
悲しみとも快楽と同じ位《くらい》すっかり馴れ親しみ
この空虚から逃れる為俺はムツイリとなり
そしてこの倦怠から脱する為俺は旅に出た

星空のドライブの途中で見つけた無頼漢の
奇異な告白を聞き入った蝙蝠は粛々と呟く
旅は同一空間での肉体の移動に他ならず
お前の苦悩は果てしなく付き纏うことだろう

仮にお前の霊魂だけが月に宿ることがあれば
衆生が跳梁する地球で煩悶する己れの肉体が
どんなに惨めに虐げられることがあったとて
お前は素知らぬ顔でいられるであろうが

Ⅲ

我ら孤独者の家郷である獣達の群の中へ
永久の無が己れにあることを信じたいのなら
ムツイリよ　我らの物質の宴に招いてやろう
そして俺は全て猛獣どもにくれてやったのだ

尤《もっと》もそれは恐ろしく危険な夢であるらしいが
早速蝙蝠《こうもり》は俺を賑々《にぎにぎ》しく獰猛な獣達に紹介し
いつの間にか決闘の賭事に駆り出されていた
俺は喜んで腐臭を放つ相手と干戈《かんか》を交えた

風変わりな新参者の俺を支持する者は多く
不気味にせせら笑いながら血と肉を切り刻む
ああ　これで俺の倦怠は燃やし尽される筈
やがて俺と畜生は共に大地に倒れ臥した

喧しい歓声の中で俺の血は大地に染み込み
俺は快い眠気に襲われて静かに目を閉じた
眠れ眠れ　覚めてはならぬ覚めてはならぬ
俺はエピタフの台詞を月に届けたいと願った

# 重力の淫な戯れ

広大無辺な大地のここかしこで
衆生《しゅじょう》のあらゆる営為の狭間に滑り込んで
粘液的に蠢動《しゅんどう》する
邪《よこしま》な情欲
それは人類の歴史を司る
巨大な物質のエネルギーとなって
俺の脳髄の前に悠然と立ちはだかって
又いつもの虚しい試練が始まる

俺のような老いた欲の落伍者は相手にされず
性の魔物は勝ち誇るように跳梁し
矜持を売った信者を次々と掠奪して
愈《いよいよ》盛大な饗宴
この退屈な乱痴気騒ぎを
果たして宇宙から見たらどうだろう

浪費されるばかりの人類の精力を
何か有益に活用できないものだろうか

斯《か》くして宴は散った
性は大地で安らかに眠っている
それはとても快い埋没だろう
その夢の中で重力に優しく見守られて
邪悪なエネルギーは充電される
宇宙の狭小な偏土は再び栄えるだろう

性は宇宙に向かって飛躍するような
幸福の向上を頑《かたくな》に意図しない
重力の淫な戯れとは
大地の奥深くで繰り返される性の乱舞
宇宙に幸福を求める意志が無い者は
大地で獣の眠りを眠るがいい

# 人類の分業

ここに登場する一人の若き女性
理知　聡明　矜持　不羈《ふき》　頗《すこぶ》る豊潤
それらを原料に人類の真理を追究する野心
我流で駆使することを常とした

現在彼女は生理中
この規則的な肉体の頓挫　苛立たしい
普段役立たずの試練　厄介の極み
彼女はネガティブに女を意識する

この月に一度の肉体活動の健全な中断
断続的に給水しながら走破するマラソン
この小休止の肉体機能を持たない男の不可解
少なくともここに男女の絶対的相違がある

而《しこう》してその不断の営為によって
男達は歴史を創造してきた
戦争　科学　思想　芸術　殆ど男の産物
ああ　我ら女は男に対して劣等なのか

言わずもがな　斯様《かよう》な男と雖《いえど》も
その本質は飢えた獣
辛うじて彼女は微苦笑しながら安堵する
この我ら女の性のヘゲモニーを誇りたい

さもありなん　男の肉体の単純な構造
古代ギリシア喜劇を繙《ひもと》くとよい
戦争ばかりしている男達を懲らしめようと
セックスのストライキ　女の平和の成就
豈図《あにはか》らんや　我ら女にも情欲が有る
彼女も例外でない自慰の性癖の潔い肯定

それに興じる小さなテリトリーが欲しい
女は因襲的な夢に耽溺　女の平和の崩壊

森の中の小屋　色とりどりの美しい花
愛くるしい小動物達　暖かくやわらかな日差
正に白雪姫の舞台宛《さなが》ら
あとは王子様が訪れるのを待つばかり

斯くしてここに遂に彼女は発見した
男達が歴史を創造してきた陰の世界で
女達はあまたの恋愛を貪り味わってきた
然るに男尊女卑は錯覚ではあるまいか

ここに宣言する人類の分業
彼女の腕は自ら産んだ嬰児の体重を想像した
男達が歴史を創造する傍《かたわら》の女の幸福な使命
女は子孫を繁栄させていく生産者を自覚せよ

# 黙狂

俺は黙る
疎《うと》まれても虐げられても嘲笑《あざわら》われても
俺は黙り続けることによって
一個の鉛玉の中に希望を詰め込む

残業で雑巾《ぞうきん》のようになった皮膚の疲れを
シャワーできれいさっぱりと洗い流した後
ロックのウォッカを次々と呷《あお》る
俄に泥酔して狂おしく失神しても
束の間の熟睡から気丈に覚醒する
ああ　俺の心は何故か不思議にも
今朝の快晴の天気のようにとても晴やかだ
紅茶一杯とチーズ二切れの朝食
美容院で髪を短く刈り上げる
鍋焼きうどんの昼食

バンテージをロール状に巻く
着替えのパンツと靴下の用意も忘れない
非合理の裁きに対して
武装する知恵と勇気を鍛えるが為
俺はボクシング・ジムに出掛けた

黙狂は闇の幸福の中にある

練習前に滋養強壮の錠剤を飲む
黄色くなった尿を見詰めていると
思わず悄然《しょうぜん》として意気沮喪してしまう
俺は孤独な修行者となって
激しく扇情するダンスビートの中に飛び込む
眼鏡を外すと俺は誰も見えない
鏡が仲間を増やしても俺は誰とも喋らない
俺は暗黒の空間の覇王となる
シャドウボクシングは狂人の乱舞宛ら《さなが》

練習が終わると夥しい汗　汗　汗
シャワーを浴びていると意識が朦朧として
昨夜のような狂おしい失神が甦る
縄のような白いぬるぬるとした物体の散乱
俺はその場に蹲《うずくま》って弱々しく微笑んで
叫びを失って沈黙した鉛玉の喜びを発見した
希望の鉛玉の中で黙狂の幸福を味わうがいい

# 逆境の当為

無邪気な自惚《うぬぼれ》が栄えていた懐かしい時代よ
人並以上の華麗な青春を生きてやろうと
僥倖《ぎょうこう》の訪れを頑に確信していたものだった
非合理を知らない無垢な幼児は健康だった

今こそ歩き始めよう　老衰した堕落の路を

待ちくたびれて遂に甘受した潔い諦観
卑屈な悪徳に決して汚されることなかれ
不可思議な快い虚無感に身を委ね
僅かな矜持に縋るだけの知恵を失うな

最早稀有な幸運を摑み取る握力も奪われた

この不断の不遇とは俺にとって永遠の必然
当たり前のこととして堪え忍んで
俺は呪わしい逆境に慣れ親しんでしまった
いざ　狂った我が生を当為として生きてやる
最後の希望は一個の小さな鉛玉の中にある

# 雑草のある風景

クラスを牛耳る
野蛮な男女の一群が
青春時代の象徴として
当たり前のように存在するものだ
高校生の時の修学旅行
閉塞した観光バスの中で
不文律に必ず演じられる
歌の競演
サザン
俺の嫌いな音楽だった
その大合唱が
何度も繰り返された後
風呂上がりのように
快く上気した彼らは
突然気紛れな提案を

宣言した
今から全員一人ずつ一曲歌い
次に歌う者を
自ら指名してもらおう
俄に俺の孤独は
戦慄した
おとなしいクラスメート達が
恭《うやうや》しくルールを果たしていく
誰も俺を指名してくれない
不図《ふと》バスが停車した時
何気なく俺は外を見てみると
見知らぬ家屋の玄関先で
繁茂する
雑草があった
誰も俺を指名してくれない
その雑草は
どこにでもある

とりとめの無い植物に過ぎない
遠いどこだか分からぬ土地で
そんな彼らに
俺は醜態を晒《さら》している
誰も俺を指名してくれない

# 玉の囁き

完全な幸福の求道者に告ぐ
美しい玉には必ず傷があるものだ

徒《いたずら》に俗悪な砂埃に塗《まみ》れるがままの
無知蒙昧な璞玉《はくぎょく》の身分を脱して
非合理に対して果敢に武装せよ
ここに絶対を極める攻玉の試練が始まった

次第に美しく研磨されて完成した宝玉
それは誇らしい傲りの輝きを放ったが
その陰で見つけた一つの小さな醜い痕跡
ああ　完璧の栄華は儚く崩れ落ちた

一つも葉に掠《かす》らずに森を抜けるのは不可能だ
美しい玉には必ず傷があるものだ

具《つぶさ》に過去を検証しても何も得られまい
愚直に悔いればただ堕落するばかり
不可避の瑕瑾こそ究極に到達した何よりの証
この逆説の勲章を決して恥じることなかれ

聞け　宇宙の彼方まで玲瓏《れいろう》と響き渡る
一つの小さな傷を負った美しい玉の囁きを
ネイキッドな事実を在るがままに認識する
優れた知恵と逞しい勇気を求めているのだ

絶望を認識できないことは最大の不幸である
美しい玉には必ず傷があるものだ

# 無人島

仮に無人島に一人で行くことになったら
あなたは何を持って行きたいですか
俺は迷わず答える
紙と鉛筆
何故かって
詩が書きたいからさ
間断無く俺は嘲笑される
一体誰がその詩を読むというんだい
一体誰の為にその詩を書くんだい
遍在する俗物の輩
忽《たちまち》にして俺は奴らに取り囲まれて
哀れな四面楚歌を余儀無くされる
ああ　この時から既《すで》に
俺は絶対の孤独に陥っていたのだ
俺は静かに目を閉じて瞑想する

四方八方から俺に迫っていた奴らは
美しいマリンブルーの海潮に変わっていた
俄に俺は生まれたままの姿で
無人島の波打際に沿って
乱舞しながら駆けていく
俺はこの小さな無人島の
唯一無二の植民者であることを発見した
その傲りに導かれるがまま
この常夏の桃源郷で
脳髄の中を貪って語彙を引き摺り出し
一気呵成に詩を紡ぐ
その紙を月光の下に捧げて
俺は真摯に祈禱する
死んでいる宇宙の彼方で生きている同志よ
このメッセージを受け止めてくれないか
俺は全ての星辰《せいしん》に向かって咆哮した
いや　応答が無くても構わない

俺の全身から迸《ほとばし》るように放たれた生命力とは
詩力
俺は詩の力を試したかっただけなのだ
誰にも読まれなくてもいい
誰の為に書くのでもない
詩に至る病はここで末期症状に到達する
俺は最高の幸福の下で死を想った
何故ならここは最も宇宙に近い場所だから

# 恋をしなければならない試練

予《かね》てから律儀な恋の修行者を宣言して以来
俺は恋に敗れ裏切られ呪われる度毎に
恋をしなければならない試練に関する
数々の覚え書をしたためてきたものだった
今宵気紛に詩人の血がざわめき立つと
整然と統合配列されて
百科事典のように編纂《へんさん》されたその憤怒の書を
俺は虚心坦懐に繙《ひもと》いた

生々しい直截《ちょくせつ》の記録が呼び起こす思い出は
忸怩《じくじ》たる断腸の苦役を引き摺るばかりで
久遠《くおん》に届く希望の一塊《いっかい》すらも無い
今こそ厳粛な真理を招聘《しょうへい》する時だ
互いのテリトリーを行来《ゆきき》し合おうとする
生きる者の生きた証を残そうとする使命の為

人は恋をしなければならないのであろうが
未だに俺はこんな当たり前のことができない

この言われなき不運と不遇と不能に抗《あらが》って
俺は凝然と孤高な異邦人に君臨すると
恋の憤怒の書は蒼然《そうぜん》と色褪せて
馬鹿正直に書き記してきた数々の覚え書は
見る見るうちに夥《おびただ》しい紙魚《しみ》に蝕まれた
俺は今度こそ本当に恋を捨てようと決心した

それからどれだけの月日が経ったことだろう
孤高な異邦人として時空を低回しながら
こんな俺の懐にも恋の流星が掠《かす》めたとしても
決して異端の風情を失ったりするものか
何故なら恋は自然の原理に抗えない
口惜しさを有耶無耶《うやむや》にしてしまうので

## 愛は地球の城壁を越えることはできない

胸の奥深くの一つの小さな肺胞で
突然仄かに熱く灯った情の火種
そのうたかたの恋に身をやつし
少女は流れ星にその願いを託したものだった

ああ　図らずも純粋なその思い
悉《ことごと》く叶えられず少女は地球人を自覚した
他でもない流れ星こそ暗黒の宇宙で
儚《はかな》く消えていく凶の象徴そのもの

恋は地球の城壁を越えることはできない

脳髄の偏土の一つの小さな神経で
突然鬱勃《うっぼっ》と熱く沸いた欲の火種

その狂おしい性に身をやつし
少年は星空の下その汚れを責めたものだった

ああ　図らずも清廉なその思い
愈慣《いよいよ》れ親しんで少年は地球人を自覚した
他でもない性の営みは星空に対峙する大地で
重力の魔に敬虔に傅いて演じられるもの

性は地球の城壁を越えることはできない

二人の地球人は太古の昔から
生物を保護する地球の城壁に挑んだ
アダムとイブの末裔の典型
その愛は再び宇宙の果《はて》に想いを馳《は》せた
果たして宇宙を永劫に彷徨《さまよ》いながら
愛を営むことができるだろうか

やんぬるかな　宇宙は死んでいるのだ
宇宙に行きたければ情死するがいい
愛は地球の城壁を越えることはできない

# 原子の旅人

天体を植民したくて旅立った
孤独な原子は物質の湍流《たんりゅう》に身を任せ
意気揚々と浮遊する得意気さこそ
予《かね》て念じていた幻惑された野心の至福の証

宇宙を席巻したくて旅立った
向こう見ずな原子は余りにも敬虔で
物怖じしながらも幸に噛み付く刃は生々しく
奔出した鮮やかな血潮を浴びて法悦に浸る

逞しく華麗な俺を構成していた原子の旅人よ
この宇宙で絶対無比の自由を得たからには
地球で抗《あらが》えず蟠《わだかま》った怨嗟《えんさ》を高々と掲げよう

澄んだ宇宙の渦に呑み込まれながら
嬉々として乱舞する孤独な旅人は
今こそ自律すべし　俺の死が進化する限り

# 時に非合理は合理を産む

人類にとって幸福とは何か
俺は迷わず答える
それは合理であると
例えば一＋一は二になるという道理

人類の歴史は
この合理の追究そのものであった
数多くの種々様々な法則が発見され
未来に向けて更に文明が発達することだろう

果して現代に至って
人類はその文明の名の下で
幸福になったであろうか
曾て無い不条理が厳存するのを見失うな

斯様な不幸に喘ぐ者
彼らはその絶望の下で
無意識に天を仰いで両手を合わせる
祈禱

祈禱の歴史は
この非合理の克服そのものであった
法則を発見する文明の発達と並行して
他ならぬ宗教の繁栄が存続してきた

ああ　彼らの願いが天に届いた
旱魃の大地に雨が降り注いだ
致死の難病が完治した
貧者が億万長者になった

そもそも奇跡とは非合理であるにも拘らず
それらは宗教の名の下で因果応報として
合理の認識に陥ってしまう
地球人の傲りは計り知れない

斯くして俺は宇宙を想って考えた
例えば一＋一が三になる世界があるとしたら
非合理は意志を持たない
ただ時に非合理は合理を産むに過ぎない

# 悦のリズム

満面に神々しい吹出物を晒した月に
嬉々として乗じ
盃を誇らしげに差し出して
気だるく浮遊する
この俺の肉に宿った
児戯に明け暮れるダンサブルなリズム
疲れを知らぬ陽気なリズムは
俺の憂鬱を乾燥させる

怖いもの知らずの無垢な躍動
益《ますます》好色な調子に乗って
熱く響き渡る地底の振動は月の引力の仕業
愈《いよいよ》その絶頂を期待された前兆
さあ　この俺のような脆弱な肉に堪えうるか
この世の至極の緊張の末

微笑ましい天上の月に
思わず安易な同意を求めて

俺は夜空を貪《むさぼ》り愛撫する
未だ初心《うぶ》な冷たい夜気に感謝しつつ
静かに耳を澄まして
俺は俺の肉の深淵を這いながら
この神聖なリズムに敬虔な
謹聴を　瞑想を　感謝を捧げる

今夜の月から授かった
向こう見ずなリズムに最高の敬意を払おう
今夜の月が地球に及ぼした気紛
その地球の地軸が一瞬油断して踊った偶然を
見逃さなかった幸運を称えよう
秘めた希望を懐胎している日常の中で

# 騏

世俗に適応しようとして試みた偽善
幼き頃から抱懐していた異端が企てた
俺の哀しい青春だった
その破滅の間際に俺はエクウスと出会った

ラテン語で馬を意味するこの言葉に
俺はすっかり魅了させられて
いざ　俺は彼の背に跨《またが》って
大都会に単身乗り込んだ

陽を浴びて武装した異端者は
何度過酷な試練を超克したことだろう
俺は偽善の青春を封印した

駃

エクウスは逞しく美しい名馬になった
俺は宣言する　この一文字を名乗ることを

# 真の空想家は眠りを好む

塵芥《ちりあくた》宛《さなが》ら夥しく堆積する記憶よりも
遥かに多い無我の夢を俺は求めている

陰惨な嵐の中で演じられた数々の記録を
したためた字面《じづら》は湿っぽい虚《うつろ》な蛇のとぐろ
覚醒した現世で残酷に蓄えられてきたので
おとなしい蛇となった思い出を収納するには
粗い格子で組立てられた狭小な鳥籠で十分だ
隙を突いてその狭間から鎌首を覗かせて
眷恋《けんれん》を訴える滴り漏れた生臭い唾液は
天使に思えた君にも疎まれて大地に染み込む
俺は貧相な樹木となってぼんやりと佇《たたず》むと
そのあまりにも無情に融解した情欲の遺骸は
奥深い地中を漂って毛細の根毛に絡み付いた
むず痒さを堪えながら安眠の旅路に赴《おもむ》こう

それでも曾て吐露された直截《ちょくせつ》な訣別の告白が
現在に至って最高の侮辱として認識されると
俺の灰色の記憶は何度も甦ることを止めない
その刹那己れの尻尾を噛み進んだ狂った蛇が
完全な無形の生物に限りなく近付いた時
腐敗した思い出は下郎の地虫に分解されて
俺の毛細の根毛を意気揚々と這い上がる
その滋養分が咲かせた花の自我は甚だ純粋で
今こそ天使のような君に愛されるに相応《ふさわ》しい
そんな空想にいつまでも浸っていたいので
俗世の呼吸に倦み果てた俺は樹木の姿のまま
冬眠していたい　無我の夢を見続ける為に

樹木の無我の夢は暫《しばら》く覚めることはあるまい
目覚めた刹那俺は宇宙を自覚することだろう

# 悪の受精

I

まずは或る大食漢を召喚することから始める
汝　これまでのあらゆる欲望の充足について
何か懺悔しなければならない記憶はないか
汝の腹の中は食み出る程の蛙が詰まっている

この地球上で声を初めて持った両棲類として
蛙の鳴き声は全ての消費者の起動力を生み
最後にそれは人類の傲りの叫びとなって
ピラミッドの頂から普《あまね》く轟き響き渡った

曾て蛙も毒虫に対する掣肘《せいちゅう》の首謀者として
残酷《あぜ》な合唱を嬉々として奏したものだったが
畦の淵で腹上死すると冷たい雨に呪われた

汝は下駄の爪先でその死骸を弄《もてあそ》んだ末
ポケットの中に入れて一気に握り潰した
己れこそ最高の掣肘の首謀者たらんとして

II

あらゆる生命の息の根を手当たり次第に
刈り取ってきた傲岸不遜な支配者たる人類よ
太古の昔から絶え間なく繰り返されてきた
食物連鎖の果《はて》に厳存する原罪を知るがいい

いい加減自然は退屈しているに違いない
悪の受精を無限に展開する森羅万象を
人類は栽培した黒い霧で覆い尽してしまうと
その倦怠を有耶無耶にすることに躍起なのだ

汝よ　お前は永遠に懺悔しなければならない
汝よ　お前はこれ以上子を産んではならない
さもなければ潔く自殺しなければならない

宇宙を司る将軍よ　黒い霧を払い除けてくれ
植物に仕えよ　獣達を崇めよ
物質と化していく原罪を償う試練を与えよ

# 死は生を戒めなければならない

生きている　生きている嬉々とした実感を
謳歌している衆生の健気な営みの前で
俺は不図生きているのが恥ずかしくなって
苦しみそれに堪え忍ぶ瞬間に襲われる
そのような不可解な含羞と煩悶を見守る
小賢しい死神は意味有り気に耳元で囁く
人間の行動は全て挫折するものだ
他でもない生きる傲りの当然の報い

俺は決して過去を賛美しようとは思わない
何かしら生きてきた記憶は邪に甦るばかり
本当はいつも人間は皆死を覚悟しているのに
誰もが未来の生を賭けることに熱中する
生きるのは一種の激情であり革命であって
俺はそれを悉《ことごと》く歴史の彼方に葬りたい

死ぬのは一種の瞑想であり儀式であって
俺はそれに慎ましく対峙することだろう

絶えざる死が閃くのを見て見ぬふりをして
揺るぎない生を頑に信じている者を
一つ脅かしてみようではないか
生きる傲りとは気が狂いそうな倦怠であり
物質を飽食して欠伸《あくび》している輩の脳髄に
断頭台の夢を刷り込んでやろうではないか

死は生を戒めなければならない
俺は未来の死に敬意を払うことで
最早退屈な生は我が恋人ではなくなった
死神よ　俺はいつでもお前の従僕となろう
貴様が俺の肩をいつの日か摑み寄せる迄
俺は晩熟の青春を生きてやろう

## 最後の啓蒙

君に告ぐ　男として
君は女　宇宙の中枢
例えば性　疑えない
その幻惑の　構造を

啓蒙する　人として
女は全て　物神の娘
例えば恋　拒めない
その悪徳の　知恵迄《まで》

美しくあれ　せめて
この世で　君だけは
還元しろ　俺の魂を

君は女　告げてやる
物質になるな　この
俺の　最後の啓蒙だ

# 神聖なる復讐

告白しよう
俺は大地を流浪する狂人だった
安らかな夢寐《むび》も許されず
狂気の有機体は自らを畏懼《いく》するあまり
痛々しく憔悴しては嘆かわしく煩悶し
孤独の逆境に弄《もてあそ》ばれていたものだった
告白しよう
俺は大地に呪われた異端者だった

偶々《たまたま》華やかな物質の宴の側を通り過ぎた時
奴らは鳩首《きゅうしゅ》して面白可笑しく俺を嘲笑《あざわら》った
思えば俺の生涯は全て通念と因襲に対する
儚い神聖なる復讐の連続に過ぎなかった
敵は俺を疲れさせ俺の四肢を鈍麻させる
俺はやつれた心身で惹起《じゃっき》せねばならぬのだ

今や懸隔してしまったお前と俺
気をつけた方がいいぜ

何故奴らは揃いも揃って
この俺を憎もうとするのだろう
所詮俺の狂気は物質に愛されず
非情な大地は傍観を気取るばかり
乾坤《けんこん》一擲《いってき》　剣は折れた
その冷たい悲しみは俺の寂しい唇に触れた

俺は倒れた敵を見下ろして息を吸い込むと
熱い大地の風が俺の肺を焼き焦した
苦しいよ　いつまで続く腐った血の発酵
死ななければならぬのなら死ぬ迄のこと
大地にとっては僅かな損失に過ぎないだろう
俺は自分の墓標に新鮮な血餅を塗り込んだ

# 脾臓の叫び

万《よろず》の悦楽犇《ひしめ》く世紀に生まれた
脂肪にふやけた貴様らには分かるまい
暗い黒い不機嫌が蟠《わだかま》ると伝えられた脾臓が
堪え忍ぶ熱く狂おしい俺の血の思いなど

そこは漆黒迫る或る崖の上からの一望の下《もと》
躁の玩具を掠奪しては無慈悲に消費する
豪傑の海賊よろしく無為な徒党を組んで
蛍光《けいこう》の驟雨が弾けた密室で次々と競いながら
薄桃色の時間が腐った痰を吐き捨てるのを
俺は一人秘かに崖の上から眺め下ろしていた
真空が澱む暗黒の気圧に首尾良く相乗した
貴様らの奇声に俺の脾臓は平衡を乱される
脆弱な脳髄から滴り落ちた精神の老廃物を
悉《ことごと》く預かった脇腹の臓器は頑《かたく》なに

鋼鉄のプライドに守られた隠棲を譲らず
舌を与えられない限りこの憂鬱は世に知れず
崖の下の明るい部屋から俺を見返した者は
俺の煩悶を佯狂だと錯覚することだろう
愈《いよいよ》氾濫しそうな錆びた血餅を切除する
安全確実な妖術がきっとあるに違いない
宇宙の深淵にこそその解毒剤があるのなら
数々の饗宴が蠢《うごめ》く淫《みだら》な夜景に背を向けて
幾重ものどす黒い襞《ひだ》が折り重なった
不気味な大気に包囲されたまま　それでも
苦々しい憂鬱を誰一人明かすまいとして
俺は一人微笑まし気に崖の上から立ち去った

怯懦《きょうだ》な病巣は暗闇に向かって杖を突き出し
世俗が一滴の光となる宇宙迄歩き続けよう
躁の交尾に興じる貴様らの耳には届かない
下腹部を締め付ける脾臓の叫びを堪えながら

# 孟冬の幻覚

そろそろ寂しい冷気が肌を刺す季節になると
四肢の躍動が変温動物のように鈍くなって
憂鬱という名の迷惑な常客の訪問を
年老いる毎に拒む気力も次第に衰えて
俺は儀式のように風邪を必ずひいてしまう
白い光に溢れた南国の解放感に憧れていた
陽気で健全だった脳髄は哀れに狼狽して
漆黒の外套を身に纏《まと》った客人と対峙すると
暗黙のうちに静かでささやかな酒宴が始まる
甘美な酩酊の末に俺の体力は悉《ことごと》く奪われて
地の下の安らぎの夢物語を聞かされていると
俺は孤独な快楽を空想してほくそ笑んだ
　憂鬱を抱擁して永遠に冬眠してみたい
俺は孟冬の幻覚を心行くまで楽しんだ

# 地球人

盆休みに車で帰省した時
俺は和歌山県の山奥にある温泉に行った
そのドライブの途中
不図《ふと》何かの啓示を受けたかのように
俺は発見した
宇宙は死んでいる
人類は未だ地球以外に
高等な生命体が栄えた天体を発見していない
単純で当然の真理に何故気付かなかったのか
俺は不思議に思った
おかん
わし　今日大発見したんや
なんやの
宇宙はな　死んどったんや
あら　そうなの

それから俺は滔々《とうとう》と演説を始めた
次々と缶ビールが空けられていった
そのペースに合わせるかのように
俺の思想は次第に増殖していった
わしはな
以前から哲学的な空想をする際には
宇宙を考えることから始めなあかんと
思とったんや
これはな
埴谷雄高という大作家から
教えられたんや
ところでおかん
梶井基次郎という作家知っとるか
あの「檸檬《れもん》」とかいう作品書いた人でしょ
あれ　面白くないねえ
甘い
埴谷雄高は梶井基次郎を絶賛しとるんや

他でもない宇宙が描かれとるからやねんな
あら　そうなの
ところでその埴谷……
埴谷雄高
ちょっとメモしとくわ
でもこんな田舎の本屋には無いで
しかも文庫本も出とらんねや
おかんがメモしている間
俺は更に冷蔵庫から缶ビールを取り出した
俺は感心した
俺もおかんも特別な教養は無い
それでもおかんは
俺の我流の思想の告白に
必死で謹聴しようとしてくれている
さて　俺は容赦無く疾走し始める
宇宙は死んでいる
この厳然たる事実を前に

果して地球人はどう存在すべきか
人類がこの天体で
繁栄していく為には
生物としての原始的な営為を
果たさなければならない
おかん　それがなんか分かるか
原始的な営為……なんやろ　難しな
あほか　子孫を産み続けていくことやろがな
俺は思わず哄笑して更に饒舌になった
地球でこの神聖な使命を遂行する為には
愛という試練が課せられているのだ
ところが二十一世紀に至って
ますます加速する価値観の物質化
わしはな　マジで憂慮せずにはおられんのや
何故ならこの物質を信仰する輩達は
大地にしゃがみこんで
放逸な宴に酔い痴れている

彼らは重力の魔に敬虔に傅《かしず》いて
高潔な愛の在り方を唾棄して
物欲の快楽を恣《ほしいまま》にする有様
地球人よ
死んでいる宇宙に囲繞《いにょう》されている
厳然たる状況を認識せなあかんで
ああ　そうなのよねえ
もう夜が明けようとしていた
俺もおかんも十分に満足した
なんやわしら変な親子やなあ

# 限りなく当為に近い希望

遠い彼方迄の世界の実像
太古の昔迄の歴史の事実
これらを普《あまね》く知悉《ちしつ》するに及んで
俺は次々と閃《ひらめ》くように種々の希望に恵まれた

当初はその歓喜と戯れるばかりであったが
やがて情欲が胸騒ぎさせるように
狂熱した貪欲が募り始めると
俺は稀代の野心家になろうと決意した

ああ　狂おしい青春の時代よ
俺は現在に至ってこれらの不具の思い出を
慎ましく反芻しては
何かを破壊せずにはいられない

斯様《かよう》な残酷な郷愁に対峙すると
而立から不惑に至った人生の分岐点で
俺は現実を呪わずにはいられない
今こそ己れの裸を観察してみるがいい

年老いて色褪せた皮膚に隠された
乾いた化石のような曾ての輝かしい念慮
幻の臥竜鳳雛《がりょうほうすう》の遺伝子
俺はずっと騙されて生きてきたのだ

つらつら考えるに俺は夢に弄ばれたばかりで
実際は何一つ征服できなかったのだ
仮にもここで諦めてしまったら
俺は稀代の堕落者になってしまうだろう

何かをしたいという希望から
その何かをしなければならないという当為へ

俺の狂気は強《したた》かな意地を産んだ
俺の矜持は頑《かたく》なな知恵を産んだ

あわよくば最期の俺に僥倖が
晩熟と呼ばれる死に至るエネルギーが
厳粛に授けられたとしたら
俺は限りなく当為に近い希望に賭けてやる

# 俺はこの肉体で生きていく

俺の肉体
それは錆付いた戦車宛《さなが》らの威武の態
幾度となく諸々の微恙《びよう》に煩わされ
延《ひ》いては精神の宿痾《しゅくあ》を堪えている
ああ　何よりも辛かったこと
一生消えることの無い瑕瑾《かきん》を背負って
俺は孤高に生きてきた
今こそ我が肉体を誇り慈しみ愛すべき時だ

遂に我が肉体のここかしこで
徐々に勢いを増しながら
細胞の瓦解が始まっても
俺はこの肉体のどの部位であろうとも
貪《むさぼ》られたくない
触れられたくない

奪われたくない
唯一のこの肉体を俺は永遠に独占したいのだ

それを構成している無数の原子は
時空を席巻する霊魂の如く死に馴染んでいる
たとえ俺の逞しい死体が
灰燼《かいじん》しても腐敗しても破裂しても
彼らは自分達が永久に存在するという
絶対的な真理を知っている

我が無数の不滅の原子よ
宇宙に葬られて
永遠の旅人になるがいい
俺は死後の夢に酔い痴れた
それを叶える為ここに宣言する
俺はこの肉体で生きていく

# 心で結わえられる時間の毛玉

絶え間無く流れ続ける川の水のように
時間は不断の運動の演出者である

休息の無い川の流れを眺めながら俺は考えた
それは時には荒れ狂う奔馬のように波浪し
又或る時には嫋々《しょうじょう》とした潮騒が伝播《でんぱ》する
永遠に訪れる川の様々な表情は計り知れない

幾多の分水嶺に佇みながら俺は戦慄した
それは時には毒と泥が混沌と合流し
又或る時には土石流と清流が劇的に中和した
累々と大河の漏斗《じょうご》に落ちていく姿は狂おしい

こうして一個の化合物となった液体は
海に流れ込んで儚く死んでいくのだ

この俺も時間という名の川に
流されて流されて漂っているに違いない

時間の妖精よ　貴様が俺に与える化合物とは
非合理の裁きと呼ばれる一個の毛玉なのだ

休息の無い時間の流れを具《つぶさ》に観察してみると
それは時には複雑に絡んで凝固した結び目を
俺の心の中で残酷に結わえたかと思うと
又或る時には穏やかな一直線の糸が描かれる

幾多の分水嶺に遭遇する度に俺の心の中では
更に新たな結び目が漏斗《じょうご》を落ちて融合し
それは決して解きほぐされることは有るまい
それは一生消えない傷跡となることだろう

こうして一個の時間の毛玉を心に孕んだ俺は
大地に溶け込んで儚く死んでいくのだ
たとえ俺の疲れた心臓が夜に眠っても
時間は限りなく毛玉を膨らませることだろう

# 鉛筆の野心

鉛筆の先端にいつも君臨していたくて
俺は夜毎に蒼ざめた痩躯《そうく》を削り上げる
無限に続く尖塔を征服する為に
脂肪へと死んでいく過去を排泄した

纏わり付く木屑の蔓を断ち切って
俺は白い大地に熱く軋《きし》んで擦られていく
俗の温風にふやける体質を戒めながら
一枚ずつ表皮を脱ぎ捨てる生産を誇りたい

削られて削られて限りなく短くなる迄
俺は頂に向かって下降を繰り返し
夥しい粉末の記録は色褪せてしまうばかり

天に向かいながら裸の侏儒に成り果てる
呪われた俺はこっぱみじんを野心する
一粒でも炭素の魂を宇宙へと届かせたくて

# カリスマ

裸の超人は貪欲な稀代《きたい》の空想家だった

地球の隅々迄普《あまね》く巡り歩いたとて
常に二本の足が大地に根差しているという
奇怪な事実から俺の空想は始まった
重力の魔王はせせら笑っているに違い無い

ところが脳髄を湯船に浮かせて憤る暇も無く
俺の周囲は生臭い俗臭で溢れ返った
間遠《まどお》に奴らの蒼い鼻先を認めると
俺は反対の方角に踵を返したものだった

孤独を誇って脂下《やに》がっているつもりは無く
擦れ違うあまたの女に愛されるつもりは無く
俺はジグザクの国境線に沿って漂泊しては

土踏まずにこびりついた泥を練り上げた

それは俺の四肢を逞しく彩る武装具となり
太陽を忘れた静脈は無責任な惰眠を貪った
やがて俺は風雨に嬲《なぶ》られる一個の埴輪となり
快く腐敗していく獣達の至福を羨んだ

身を隠しているイワン皇子とはこの俺のこと

そして俺は遂に自分の精神の無秩序を
重苦しい熱病に魘《うな》されながら懐胎して
幾日も幾月も泥の中で変態に耽溺した
カリスマとは泥の蛹が羽化した姿のこと

そもそも俺が劣等種族であったことは
生まれた時から悟っていた絶対の宿命であり
曾て俺が蜂起したのも掠奪の為だった

今や俺は天に向かって開成しようとしていた
貪欲な稀代の空想家は身軽な出で立ちで
少しずつ少しずつ大地を離れて昇ってゆく
裸の超人の白銀の皮膚は神々しく照り輝き
下界ではその光の洪水が狂おしく渦巻いた

僅《わず》かにこびりついていた泥に目掛けて
何度も襲ってくる猛禽を餌付けすると
俺はその羽翼に煽られて大気圏を飛び出す
カリスマとは遥か彼方の天体の植民者のこと

甦れ　暗黒の宇宙へと飛び出す死産児よ

# 一人ぼっちの夜恐竜のように

一人ぼっちの夜恐竜のように
俺は崩壊した
膝をつくと重心が号泣して
その後を追って腸が殉死すると
酒に爛《ただ》れた皮膚は
低温の石灰質に降伏した
俺は今夜も
悲しく生きる化石となった

何故なら今日も
俺の価値が苛《いじ》められたからだ
むさくるしい気骨を放つおからを
脳味噌にしたおしゃれな餓鬼大将は
勝ち誇るように
臭い物欲を吐き散らして狂喜した

乾季を嫌う価値は
この世で生きるのが難しい

俺の価値は
恐竜のように繁栄していた
若い夢の世界は
孤高に聳《そび》える美しい珊瑚礁だった
恋の姿をした黒い霧は
座礁したタンカーの吐瀉物だった

一人ぼっちの朝恐竜のように
俺は滅ぶのか
肥大した怪物は
時代に適応できない愚かな空想であるから
こんな俺こそ
死に垂直な演者に相応しい

# 鉛の風船

大衆社会人は
ヘゲモニーを誇示して
酔生夢死を
享受する
それが俺の家族の姿
動《やや》もすれば俺は稀代《きたい》の突然変異かもしれない
俺のニヒリズムを嗅ぎ付けたのだろうか
夙《つと》に俺は説教されてきたものだった
常識を弁《わきま》えろ
社会の秩序を乱すな
他人に迷惑をかけるな
果していつ迄続く家族のおせっかい
もう俺は不惑に達してしまったんだぜ
俺の家族に象徴される現代の事大主義者達
野心無し

然らば人生の目的も無し
そのような自分の姿を
どうして誇りに思えるのだろう
彼らは死ぬ迄
俺を叱責し続けることだろう
俺を応援することは無いだろう
幼い頃から
ずっと俺が孤独であったことに
気付かないまま
彼らは安らかに逝くことだろう
その後も俺は死ぬ迄
彼らの絶対的な優越を
乗り越えることはできないだろう
だから俺の抗《あらが》いは
俺が死ぬ迄続くことだろう
俺と対立する事大主義者達は
大衆の典型に過ぎない

俺は背後から彼らを含んだ
明るくきらめく巨大な風船が迫ってくるのを
いつも戦慄しながら
孤独を堪え忍んで
生きてきた
必ず幸福が訪れることを信じて
自律した異端の人生の道を
必死に掻き分けながら
生きてきた
その過程で
どれだけ多くの人と擦れ違ったことだろう
その仲間外れに堪えられず
俺は時折振り返った
擦れ違った多くの人間は次々と
明るくきらめく巨大な風船の中に入って
それはどんどん膨らんでいった
どうやらその中では

絶えることの無い宴が
繰り広げられていた
その合間を垣間見て
俺は発見した
彼らは敬虔に礼賛《らいさん》していた
物質を
彼らは貪欲に欲求していた
物質を
幼い頃脆弱だった俺は
知恵を絞って
自ら風船の中に入ったこともあった
すると俺は苛《いじ》められなくなった
しかし俺には秘かな野心があった
成り上がろうと思って
俺は大都会に飛び込んだ
俺は満を持して風船から飛び出して
武装した

俺は偽りの青春時代を
封印した
仮にも俺がテロリストだったら
俺は大きな針を持って
風船に突っ込んだことだろう
だが俺は絶対に死守しなければならない
良心を捨てたくはなかった
明るくきらめく巨大な風船に虐げられる度に
俺は一個の小さな鉛玉の中に
希望を詰め込み始めた
少女が大切な物を両手で胸に抱え込むように
俺は一個の小さな鉛玉をポケットに入れて
手を突っ込んでほくそ笑みながら
優しく弄《もてあそ》び
幸福が静かに懐胎するのを祈った
明るくきらめく巨大な風船に向かう
既に乱痴気騒ぎの

凡俗の衆生《しゅじょう》と擦れ違う時に
どんなに冷笑されようとも
偽りの媚の挨拶を
漸く繕えるようになると
俺はポケットの中の鉛玉を暖め始めた
希望が詰め込まれて
限りなく熱い密度を高めたそれは
俺だけを厳粛に包み込み
鉛の風船となって
宇宙へ飛び出すことだろう
その最高の法悦の境地こそ
DAZED AND CONFUSED
BY LED ZEPPELIN

# 俺は性欲のように死を考える

青臭い血気が漲《みなぎ》って膨れ上がる程に
瞬時にして熱く怒張した己れの肉体を
不器用に持て余していた思想の時代は
いつも暗澹《あんたん》とした不安に強迫されていた

とどのつまり向こう見ずで破天荒な勇気や
延《ひ》いては気障《きざ》に自惚れるダンディズム
加えて甘い純愛の僥倖《ぎょうこう》に無縁だったこの俺は
納得して性欲の行為を意図したりしなかった

ひたすら禁欲的且つ懐疑的になりながらも
時には寛大な乳房に溺れてみたものだった
幻惑されて果てた直後の虚脱した転落の感覚
恰《あたか》もシーシュポスの神話のような不条理

俺は何もかも失った平和な人間になっていた
だがもう情欲の急坂《きゅうはん》を上り始めている
俺にとって性欲を考えるということ　それは
苦い生の衝動そのものを意味する宿命的習慣

絶えず徒《いたずら》に淫しては無機的な欲の慰藉の反復
どうやら俺の心身は激しく惨めに蝕まれ
いい加減性《せい》を倦《う》んでしまったようだ
ああ　俺の肉体の季節が寂しくなっていく

生臭い狂気が滞《とどこお》って縮み込む程に
遅々として冷たく凝固した己れの肉体を
無気力に持ち堪《こた》えていた老衰の時代は
やがて従容《しょうよう》として絶望に侵食されていく

結局のところ自暴自棄で発作的な念慮や
或いは虚無に酔い痴れるペシミズム
更に易しい自殺の手段に無知だったこの俺は
決して死の行為を意図することはなかった

俺は性欲のように死を考える
俺の性に対する催《もよおし》は死に取って代わり
俺にとって死を考えるということは
生きる傲りを戒める宿命的習慣になるだろう

# 生きる傲り

のんびりと水母《くらげ》のように生きていると
絶望が黴《かび》のように繁殖する
何故だろう
ぐうたら凡人には分からぬ最高の厭味
在り来りな生が当然の理想とされる
全人類の生理を超えて
いずれ襤褸《ぼろ》布に成り下がるそれを罵る
死に敬意を払え

生来いつの頃からか住み慣れてしまった
己れの肉の定宿《じょうやど》で気兼ねせず
情念の赴くまま酷使した末路の
快い虚無感
たとえ四肢に裏切られても
俺は決して譲らない

わくわくさせるような
最期の楽しみがここにある

片意地を吐瀉するばかりの
高貴な屍を
自らの思い通りに
葬ることばかり考えて
蛹のようなささやかな生に
御仕着《おしきせ》を強いる生きる傲り

死の前迄尻込みを隠そうとする
虚勢こそ彼らの哀れな生命力
そんな彼らの下等な宿命に弄《もてあそ》ばれて
のんびりと生きるのはとても煩わしいので
この俺は死んでもいい
やるべきことを全てやり尽したのであれば

# 神聖な質量

その少年は邪《よこしま》な衝動に身を任せ
軽率に人を殺した
愚か　浮遊していた青春は泥濘《でいねい》に堕ちた
与えられた罰を甘受して恭《うやうや》しく償うがいい

その病人は天の啓示を受けて
軽快に人を殺した
哀れ　悲運の狂気は悲劇を演出した
治療という償罪《しょうざい》を強要されるしかあるまい

その婦人は冷徹な画策を実践して
軽薄に人を殺した
悪《あ》し　悪魔に魂を売った人非人の極み
まずは断頭台の悪夢に狂おしく魘《うな》されろ

斯《か》くして人を殺すという罪悪は痩躯《そうく》の姿
殺人者は天動説を信仰しているかの如く
相手の命の尊さ　自らの命の尊さ
傲慢に鎮座してあらゆる真理を退ける

いざ　啓蒙せよ
宇宙が死んでいることを認識してもらいたい
地球が生きていることを認識してもらいたい
恰《あたか》も死の煉獄の中の生のオアシスの尊厳

さわれ　啓蒙せよ
生物は幼い頃いつしか命の概念を知る
然《しか》らば死を認識して翻《ひるがえ》って現在の生を考えよ
その知恵と勇気　二十一世紀の賢者の試練

儘《まま》よ　啓蒙せよ
死の意識に支えられた生の営為

やがて気付く筈　その重みが増していくのを
死を飼料にして肥えた豚は逞しい

尊い命には生の重みがある
ここに俺はそれを神聖な質量と命名したい
人類よ　今こそ己れの真の体重を知る時だ
魂の肥満児は人を殺すことはあるまい

# 非合理の裁き

己れの合理を築き上げ酔い痴れる者
時として非合理の裁きを余儀なくされても
却って自らの安寧な幸福の所在を知る
眉目動かさず明日を豊かに思う様は
この世の非合理を正しく認識できる賢者の証
他でもないその中枢が宇宙を普《あまね》く支配して
恣意の掣肘を及ぼす実態を
地道に経験してきた姿は逞しくも頼もしい
俺は多量の苦汁を一気に飲み干したのだ
だから俺は何もかも知り尽くしている
人類を司る大地の闇の力　地霊よ
お前が護っている幾つかの秘密を
遂に俺は探り当てることができたのだ
遥か遠い遠い昔この地球が誕生した開闢《かいびゃく》の時
宇宙から降りて来て住み着いたお前は

神と呼ばれて常に畏れられた
地殻《ちかく》にその権威を普《あまね》く染み渡し
大地を通して人類は神へ向かったものだった
俺にとっては身を引き裂くような不運
何故なら信仰とは脳髄の衰弱に他ならず
俺は俺だけの神を考え出すことによって
自律した超人へと発展しようと志したから
仮にお前がいなかったならばこの俺は
自ら合理の達人を標榜したことだろう
己れのあらゆる欲望を忠実に追い求め
それが必然に満たされた時の荘重な光景は
摩天楼の頂から豁然《かつぜん》と開けた眺望に似ている
ところが俺はお前の重力の魔に逆らえず
大地に地団太しても嘲笑《あざわら》われるばかり
突然襲われた不条理な出来事に直面して
思わずお前に縋り付いても非情な沈黙
俺は血涙を流して悔しんだものだった

恰《あたか》もこの俺が生きている限り
俺はきっと極悪人の恭《うやうや》しい舎弟に過ぎないと
口惜しく悟らされるような錯覚に陥って
身に覚えもない罪を宛《あて》がわれて
残酷で卑劣な罰を受けたものだった
俺は俺自らの神によって裁きを受け
潔く放心して懺悔に噎《むせ》べるのであれば
お前の権威に対しても慎ましくなれるだろう
ああ　裁きたければ裁くがいい
たとえ地霊がどよめき揺れ動き
合理の楼閣が崩れ落ちることがあったとて
俺はその礎《いしずえ》を不器用に担ってきた煉瓦を
一つ一つ積み上げては明日の幸福を夢見たい
そしていつの日かきっと必ず
お前の重力の魔に打ち克って大地を離れ
遥か彼方の宇宙に向かって漂泊し
俺は永遠の幸福を追い求めたい

俺の人神が支配する天体を植民することで

# カプセルに入った一寸法師

この無味乾燥な時空での生に倦《う》んでしまって
汚れた大気を胸一杯に吸い込む大儀を覚え
化学に毒された食物にいつも下痢気味で
豊饒な快楽に心躍る季節も二度と訪れない

俺はこの標準世界にすっかり馴れ親しんで
俺よりも大きな物体　俺よりも小さな物体
そのいずれにも堪え難い日々を悶々と過ごし
俺は俺の標準を憎まずにはいられなくなった

有史以前の昔から傲岸不遜な人類の所業の末
潤いの無い大地にのさばるあらゆる繁栄が
或る一定の標準を宛《あて》がってきたのならば
俺はこの歴史に自由を奪われてしまった

俺はこの悪しき人類の栄華から解き放たれて
失われたかけがえの無い自由を取り戻す為
思わず不図夢見るおとぎ噺《ばなし》がある
親指程の一寸法師になってみてはどうだろう

その時曾ての標準世界の秩序が失われて
俺は早速誇り高き異端児として跳梁し始める
まずは葉の上で悠々と新鮮な夜気を味わい
野生の果物を嬉々として貪ることだろう

一見脆弱で矮小な存在でありながらも
その成熟し完成された一個の有機体は
唯一の一鶴《いっかく》として威風堂々と君臨し
夥しい羽虫の従僕を率いて旅に出た

俺は眠れる美女の白い柔肌の隅々を這い回り
その謎に秘められた生活を具《つぶさ》に観察した

何やら言い知れぬ特権を付与されたようで
俺は全能の支配者宛《さなが》ら有頂天になった

こうして人類の巨大な標準世界を見聞すると
この大自然の何一つ祝福しようとは思わず
そこで絶え間無く演じられる醜い悲喜劇を
俺は哀れな眇《すがめ》で見上げることだろう

だがそんな俺の身も常に危険に晒《さら》されて
白昼では羽虫どもの堅固な守護が欠かせず
俺は止む無く夜行性の生物と寝食を共にした
中でも特に馴々しかったのがゴキブリだった

奴らは俺の自由を罵ることに躍起だった
貴様は人類の俗悪な世界から退いたが
果して我らの暗闇の法悦を理解できまい
何より我らと握手することさえ憚るだろうに

俺は奴らに包囲されてただ嬲《なぶ》られるばかり
ああ　俺の自由は再び奪われてしまったのだ
一寸法師が夢見た自分だけの標準世界を
太古から悪辣なゴキブリが支配していたのだ

俺は俄に焦燥の知恵を絞って考えた
俺に従順に仕えてきた羽虫どもよ
俺を透明なカプセルに閉じ込めてくれないか
そしてお前達はこの俺の下から去るがいい

こうして俺の自由は閉塞されてしまった
透明なカプセルに守られて俺は旅を続ける
水の中　風の中　火の中　あらゆる所で
俺は人類の標準世界の新なる本質を知った

ゴキブリはそんな俺に果しなく付き纏《まと》う
どうだね　一寸法師の自由と引き替えに得た
透明なカプセルの中で過ごす隠棲の気分は
貴様は多くのことを知り過ぎたに違いない

今や俺はこのカプセルの中で永遠に眠りたい
最早これ以上知ることは無い　知りたくない
やがてカプセルは一個の死骸を包んだまま
永遠に人類の歴史に揉まれ続けることだろう

# 甘い物質

許されてもいい贅沢だと信じて誘惑された
その狂乱は君の転落の始まりだった
野放図な空想が繁栄するスポンジ状の脳髄に
甘味の臭気に眩惑された脆《もろ》い帝国が築かれた

人の生理が二十五時間の周期を好むのを
君の細胞がこれ見よがしに証明してくれた
社会を構成する規範のリズムを悉《ことごと》く葬って
仲睦まじい太陽と月の交感は冒瀆された

よかろう　君は全ての大人を殺したい
彼らが古《いにしえ》の覇権をすっかり失ってしまって
誰一人子孫の処遇を案じようとしなければ
君の尊い知性は邪《よこしま》な念慮になってしまったか

今こそ暗殺の時が訪れた
肥えた大人達が豪勢に振舞った甘い物質が
多くの子供達を次々と堕落に追い遣る
新世紀の不遇に対して果敢に蜂起せよ

さて　砂糖に蝕まれて縊《くび》れそうなその歯で
分厚い脂肪が取り巻いたオヤジの血管を
一本でも噛み切ることができるというのか
まずは絶食することから始めなければ

どうやら二次元のデジタルの世界で見聞した
所詮取り留めのない虚勢の戯言に過ぎず
君は俄に沮喪して再び惰眠を貪《むさぼ》った
その夢は菓子の万華鏡に彩られてはいないか

いいか　誇りとは乾いた窮乏の皮膚に宿り
情熱とは塩辛い汗が蒸発した穴から芽吹き

自律とは絶対の脳髄の帝国の主であることを
新世紀の末裔は学ばなければならないだろう

君は知っているか　物質の怖さを
その骨髄は舌を痺れさせる程に苦い
物質の味覚を篤《とく》と味わってみたまえ
甘い物質に抗うのはそれからだ

# 肝

五臓六腑の中でも数多くの役割を担う臓器
それは肝臓　即ち生を保障する金科玉条
肝が太ければ肉体は大胆に躍動し
肝が冷やされれば肉体は動揺して戦慄する

正に肉体の諸々の機能を掌握している
絶大なる権力を備えた中枢でありながら
彼女は決して傲ることなく常に寛大で
自らの強靱な再生力で黙然と君臨している

俺はこの上なく慎ましい肝に甘えて
夜毎に大量の酒を呷《あお》ってしまう
彼女は貞淑な妻のように後片付けしてくれた

やがて仮にも彼女が瀕死に至ったら
その最初で最後の叫びが体内に轟くだろうか
俺はヴィヨンの妻のような肝に懺悔したい

## これは遂に開発された夢の記録装置である

そのテレビコマーシャルを初めて見た時
俺の胸は激しくときめいた
発売初日の早朝
秋葉原の電気街
俺は二時間並んでそれを購入した
ただでさえ不眠症なのに
とても興奮してなかなか眠れそうにない

一回目
先端が吸盤の三つのセンサー
額と左右のこめかみに取り付けて
パソコンを作動させる
含み笑いをしながら
俺は祈るような気持ちで睡眠薬を飲んだ

俄に深い眠り
海溝のような静寂な闇の世界
暫《しばら》くして俺の脳髄はゆっくりと浮上する
漸《ようや》く何かが見えてきた
色　音　匂　何も無い
どうやら俺は追い掛けられているらしい
場面が目まぐるしく変化する
俺は不快な気分で目が覚めた
早速この夢の記録をパソコンで確かめる
俺はディスプレーに釘付けになった
俺を追い掛けていたのは
人間の姿をしたアメーバのような物体
古びた校舎　長い非常階段　広大な砂漠
何て俺は非武装な存在なのだろう
必死に逃げているのに殆ど前へ進んでいない
自分がとても情けなくなった

二回目

この日は装置を装備してウォッカを呷《あお》った
忽狂《たちまち》おしく泥酔して失神する
暫《しば》らくして誰かが俺の前に現れた
すると次から次へと知人が登場してくる
万華鏡のように展開する
混乱した状況に俺は翻弄された
目が覚めると相手は一体誰だったのか
もう完全に忘れてしまっている
夢の記録装置で確かめよう
小学生の時の友達　職場の同僚　弟
何故彼らは同時に登場できたのだろう
俺は脈絡の無い登場人物に対して
一人一人丁重にへりくだって応対していた
何て俺は自律性の乏しい存在なのだろう
それでも曾ての幼い頃の純真な精神で
何一つ意志を披瀝《ひれき》することなく演じられた

不可解なこの冒険を鑑賞していると
俺は甘酸っぱい思いに満たされたのだった

三回目
この日はボクシング・ジムに出掛けた
過酷な練習
俺の肉体は激しく疲弊した
夕食を食べて猛烈に眠くなると装置を装備
このような状態でどんな夢を見るのだろう
今夜の出演者は見ず知らずの若い女
もうお互いに裸になっていた
俺はただ優しく彼女を抱擁しただけなのに
後で確かめるとその瞬間で画像は消えていた
何て夢の中の俺は性に対して敏感なのだろう
夢精したのだ

# 幸福になるには宇宙を考えねばならぬ

どこでもいい　この地の外であれば
俺は暗黒の宇宙に掬《すく》われたい
青空の偽善　雲の恣意を嘲笑う
永遠に広がる闇夜に俺は吸い込まれたい

重力に忠実に求めた幸福の末路は
残酷に犯されて大地に捨てられるばかり
薄っぺらの地層の奴隷となっても
愚かな傲りに耽る者こそ地球に眠れ

けたたましい光の下では決して姿を現さない
未知の同志ならそっと教えてくれる筈
幸福になるには宇宙を考えなければならぬと

俺は闇夜に向かって手を差し伸べると
互いに誇りを競い合う星辰《せいしん》の狭間を
華麗に舞う蝶となって大地を憎んだ

# 物質になるということ

プロローグ

## 宇宙の本質は物質である

漆黒の夜空果しない彼方で輝く星辰《せいしん》の数々
ロマン　夢　希望　俺は一切情感を求めない
地球　その暗黒の闇に囲繞《いにょう》されている事実
この真理に気付いた人間こそ最高の賢者

神の存在の是非　それを遥かに超越して
俺は威風堂々と物質を認識する
地球　ここに存在する石ころから人間迄
その本質は原子　即ち物質に他ならず

宇宙の本質は物質である
さもありなん　不死の支配者は観念の産物
まかり通る現象　悉《ことごと》く非合理の仕業也

見よ　宇宙は死んでいる
その四面楚歌で宴に興じる人類よ
今こそ未来の死から現在の生を企てるべき時

I

# 物質になるということは物質を愛することである

物質。それは開闢《かいびゃく》以来人類の憧憬の対象であった。物質に恵まれれば幸福になるという真理。禁欲を唱える宗教を敬虔に信仰しながらも、大衆はこの真理を陽の当たらない脳髄の陰で秘かに慎ましく希求した。時を経て勇ましく登場した鷹。彼こそ封建社会の頂に君臨するヒエラルキーの主。物質を恣《ほしいまま》に独占し暴飲暴食の幸福の誇示。斯《か》くして鷹は貪《むさぼ》っては消費に耽溺、物質になっていった。他でもない建設的な生産を怠り、酔生夢死を享受する生の価値をかなぐり捨てた不様な態。必然として益《ますます》物質を欲して止まない大衆の憤怒、革命を惹起《じゃっき》した。鷹は破滅。今や二十一世紀の精神異常者の氾濫。物質を飽食して汚れた漆黒の魂、正に鴉。際限なく発達する文明社会で跳梁する彼らは線路の上に小石を置いた。物質を愛する人類はかけがえの無い人間性を喪失した。悪、罪、醜、死。悉《ことごと》く生の価値を蔑《ないがしろ》にしてその重み、即ち神聖な質量の痩躯《そうく》を俺は危惧する。儘《まま》よ、鴉の破滅も有りや否や。

Ⅱ

## 物質になるということは脆弱美に安住することである

物質。それは誕生以来脆弱美の羨望の対象であった。脆弱美、即ち無垢であるが故に鍾愛《しょうあい》され、汚れ無き故に称賛される。誰からも等しく絶対的に保障されたモラトリアムの境遇。これは何て都合のいいことだろう。或る少年は狂喜した。今の世代を決して無駄にしてはいけないわ。或る少女は感銘した。件《くだん》の少年、恰《あたか》も動物園の小動物の如し。世間に媚を売り迎合するのは面倒。これこそ大衆として自立していく為の貴重な知恵にも拘らず。ひきこもり。病気と診断されて更に狂喜。そもそも動物園の偏土にある小さな檻《おり》。殆ど無視される。件《くだん》の少女。恰《あたか》も蜜蜂の如し。虚栄心旺盛。お花畑の周りを華麗にダンスしながら針の武装をさり気なく顕示する。実際は頗《すこぶ》る意気地無し。然《しか》るに常に集団で行動する次第。これこそ虚勢の証。脆弱美に安住すれば全てが許される。愚か、哀れ。その妄信故彼らは物質となり、延《ひ》いては畢竟《ひっきょう》破滅に至る。わたしは啓蒙する。脆弱美を決して気遣うことなかれ。

## Ⅲ

# 物質になるということは男は女を愛し女は女になることである

「君は正に今恋愛するのに絶好な世代だ」

「いいえ、わたしはそれを訝《いぶか》っているわ」

「君は女を自覚しているんだね」

「愛は地球の城壁を越えることはできない」

「如何にも。愛は重力の魔に傅《かしず》いて」

「大地に眠る」

「恋愛のイニシャチブを掌握したいだろう」

「わたしの母性に聞いてみて」

「女性のそれは頗《すこぶ》る高貴で逞しい」

「他の生物の子孫の繁栄を観察してみて」

「尤《もっと》も。彼らのそれは物質的な原理の一つ」

「でも人類だけが歴史を創造できたのよ」

「それは俺達男性の偉業」

「傲慢よ。誰があなたを産んだというの」

「男は歴史を創造する。女は子孫を産む」

「人類の分業ね」

「女は男に愛される程女となって発狂する」

「女は子を産めば全てが許されるのよ」

「物欲に夢中になる母性の狂気かい」

「図星よ。それは未来の女性の宿命よ」

「母性の狂気の末に一体何があるんだい」

「物質よ」

「果して君は物質になりたいのかい」

「その通りよ。女だもの」

「未来の女は人類の歴史を否定するだろう」

「見物だわ。男達はどうするかしら」

「君達が産んだ男の子の最大の試練だ」

「未来の恋愛は人類の繁栄を破壊するのよ」

「だから君の良心は恋愛を逡巡するのか」

「あなたは物質を題材に詩を書くべきだわ」

Ⅳ

**物質になるということは消費することである**

物質。それは全ての時代に共通して人類に貪り消費されてきた。ここに多種の小さな覇王樹がある。少量の水で生育。全身を覆う武装の棘。加えて悠然と鎮座する威厳の姿。正にサボテンは恭しい虚栄の武力を誇示する覇王宛《さなが》ら。彼は森羅万象を観察しながら空想しているかのよう。特に人類の邪《よこしま》な消費の有様、悉《ことごと》く通暁《つうぎょう》している。一つ、他の生物を恣《ほしいまま》に掠奪。言わずもがな、この地球の生態系の頂に君臨している人類。普《あまね》く旺盛な雑食で空腹満たし、時には彼らを観賞。又芸を教え叩き込み、その傀儡の様を賛美。二つ、大地の開拓。人類は大地を掻《か》き毟《むし》り、地球のここかしこ慢性的皮膚炎。築かれた文明都市は既にその皮膚炎の化膿に蝕まれ、土砂崩れは人災也。三つ、金。経済の発達は金の消費を伴うもの。今や世界経済の構造は有機体となり、人類は疎外されその翻弄に煩悶。非情、邪悪、愚昧。あっ、覇王樹の花。生産の証。緑になりたくて、緑になりたくて。わたしは植物を尊敬する。

V

# 物質になるということは非合理の裁きで破滅することである

物質。それは永劫不変に非合理の原理に基づいて存在している。宇宙の本質は非合理である。その宇宙に囲繞《いにょう》されている地球で、人類は不滅の幸福を希求してきた。幸福とは何か。合理である。一＋一は二となる合理こそ幸福である。如何《いかん》せん、非合理は時に合理を産むに過ぎない。賢者は道理に反する事柄が当たり前だという諦観を許容する。サン・ルイス・

レイ橋の崩壊。五人の男女の墜落死。目撃者の一修道士の神の摂理の探求。犠牲者の生前の生活を調べて、悪業あらば因果応報を牽強付会憚《はばか》らず合理の結論を導き出すつもりなのか。神の名の下で合理に固執する旨、傲りの極み。斯様《かよう》な事態こそ非合理の裁き。斯《か》くして破滅した人間、非合理を構成する物質となった。恐怖、不安、悲嘆、憤慨。今こそ賢者の諦観を称えよう。彼は続ける。虚々実々。常に非合理と対峙し武装する傍《かたわら》、裁きを受けた時、甘受賢明也。最後にニーチェの箴言《しんげん》。何ごとも起こったことを肯定せよ。俺の試練。

VI

## 物質になるということは死ぬことである

「詩人さん。あなたはいつ死ぬの」

「俺自らの当為を全て成し遂げた時さ」

「限りなく当為に近い希望は必要だわ」

「その為に死から翻《ひるが》って生を考えている」

「生の歓びは死の認識に基づくという逆説」

「俺は性欲のように死を考えている」

「生が美徳、死が悪徳の固定観念があるわ」

「人類は生きる傲りを慎まなければならぬ」

「自殺や安楽死が社会的に肯定されるかも」

「将来生死の価値観の大革命が起こる筈」

「でも大衆社会人はヘゲモニーを誇示して」

「酔生夢死を享受する」

「生きる傲りは醜い死を招くだけだわ」

「俺はキリーロフの勇気が欲しい」

「彼の死はとても逞しいわ」

「俺の逞しい死体は物質に過ぎない」

「現実は醜い死体で地球は汚されているわ」

「ところが彼らにも実存の遺伝子がある」

「地球に葬られたら、それは封印されるわ」

「すると人類の遺志は宇宙で黙殺される」

「人類が継承してきた実存の遺伝子の尊厳」

「人類は宇宙に葬られなければならない」

「分かったわ。死んでいる宇宙の果て迄」

「尊厳のある実存の遺伝子は旅をする」

「わたしには夢のようだわ。そのロマン」

「狭小な地球で僅《わず》かな時間で演じられる」

「生の悲喜劇。何だかつまらないわ」

「さてお嬢さん、俺が死んだ時のお願いだ」

「快諾《かいだく》するわ」

「ロケットの予約を取ってくれないか」

エピローグ

# 原子の旅人になって宇宙に旅立たねばならぬ

現在の生を全うして未来の死が訪れた今
俺の逞しい死体は宇宙に葬られた
ドストエフスキーよ　仮に霊魂が存在しても
宇宙では愛する力を失った苦しみは最早無い

太陽系から脱し　銀河系から飛び出し
俺の肉体を構成していた原子の一つが
或る名も知れぬ天体に着陸した
我が実存の遺伝子よ　いざ植民を企てろ

これこそ正に死の歓び
何を疑う　この宇宙の広大無辺永遠不滅
然《しか》らばこの革新的幸福　殊勝に是認せよ

地球での人類の在り来りな享年と生活範囲
あらゆる幸不幸僅少　生の限界故に人類は
原子の旅人となって宇宙に旅立たねばならぬ

I WANNA PAY
A TRIBUTE
TO THE HAPPY FEW

“俺は少数の幸福な人々に敬意を表したい”

**著者プロフィール**

**新田 直騏**（にった なおき）

1962（昭和37）年　和歌山県に生まれる
1986（昭和61）年　立命館大学法学部卒業

TO THE HAPPY FEW　VOL.1 ——物質になるということ——

2003年1月15日　初版第1刷発行

著　者　新田 直騏
発行者　瓜谷 綱延
発行所　株式会社文芸社
〒160-0022　東京都新宿区新宿1－10－1
電話　03-5369-3060（編集）
03-5369-2299（販売）
振替　00190-8-728265

印刷所　神谷印刷株式会社


ISBN4-8355-4994-5 C0092